DAL DIARIO DI GABRIELLE

LAURA MARIANI

ISBN: 978-1-915501-48-6

LIBRI DI LAURA (L.A.)MARIANI

Italiano

Le Nove Vite di Gabrielle Serie

Dal Diario di Gabrielle (prequela)

Un'Avventura NewYorkese

All Ricerca di Goren

Assaporando La Libertà

Paris Toujours Paris

Io Me Stessa E Noi

Libertà Su Di Me

Londra Chiama

Di Nuovo Nelle Tue Braccia

Il Più Grande Amore

Box Set

Le Nove Vite di Gabrielle - Libri 1-9 + 3 BONUS

Inglese

The Nine Lives of Gabrielle Series

Gabrielle (prequel/first in series)

For Three She Plays

A New York Adventure

Searching for Goren

Tasting Freedom

For Three She Strays

Paris Toujours Paris

Me Myself and Us

Freedom Over Me

For Three She Stays

London Calling

Back in Your Arms

The Greatest Love

Box sets

For Three She Plays - Book 1-3

For Three She Strays - Book 4-6

For Three She Stays - Book 7-9

The Nine Lives of Gabrielle Book 1-9 + 3 Bonus stories

A Royal Romance Trilogy

A Coronation Weekend Romance

The Wicked Princess

The Lost Kingdom

Holiday Romance

A Halloween Romance: Enchanted in Shadowbrook

RICENZIONI PER GABRIELLE

Gabrielle è una novella eccellente che è accattivante, commovente e fantastica allo stesso tempo!

Gabrielle mi ha sbalordito dall'inizio alla fine con la sua accattivante letteratura per gentile concessione dell'autrice Laura Mariani la cui novella è piena di caratterizzazioni fenomenali intrecciati con molti elementi commoventi che ti terranno con il fiato sospeso.

Adoro novelle come queste che si concentrano su una forte narrativa femminile, ma alcune possono essere prevedibili e poco brillanti. Tuttavia, quando mi sono persa in Gabrielle, ho capito che è tutt'altro che questo.

Invece, è una novella sensazionale e unica con molti elementi avvincenti intrecciati che nessun lettore dovrebbe perdere.

— AIMEE , THE RED HEADED BOOK LOVER

Personalmente non sono un lettore, preferisco gli audiolibri per le storie di finzione.

Detto questo, Gabrielle è stata una lettura così facile che mi sono immerso rapidamente nella storia e non sono riuscito a mettere giù il libro.

L'ho letto fino in fondo e ho sentito di aver formato una connessione con Gabrielle e di potermi relazionare con il suo viaggio alla scoperta di se stessa. Ci sono tonnellate di piccole pepite in tutto il libro che hanno davvero risuonato con me che intendo applicare alla mia vita andando avanti.

Ha anche fornito un'altra prospettiva su com'era passare la quarantena da single con cui ora posso empatizzare. Bella storia e grandi lezioni!

Aspetto con anticipo il prossimo libro di Laura!

Steve Burn Jr - Happy reader

La tua vita può cambiare in qualsiasi momento. Devi solo decidere chi vuoi essere, cosa vuoi fare o avere. E proprio così, tutto cambia...

"Ho sbattuto gli occhi e
in un instante
sono passati decenni."
— John Mark Green

DAL DIARIO DI GABRIELLE

PROLOGO

Il tempo scorre senza sosta. Tempo passato, tempo presente, tempo futuro. Ma questo fondamentale saliente della realtà fisica non è quello che sembra: è un'illusione ottica.

Quello che i fisici ci dicono è che le cose, nel mondo quantistico, non accadono linearmente. Succedono ora. Ma sei solo consapevole della realtà che scegli di osservare.

La coscienza stessa crea il mondo materiale. Lo scorrere lineare del tempo in netto contrasto con l'apparentemente casuale attraversamento del tempo nella nostra coscienza.

Un flusso costante di coscienza.

. . .

Tutto è ADESSO - il flusso costante connesso da una certa forza all'interno di ogni persona. E i ricordi forniscono una connessione costante con eventi, luoghi e persone.

Ci sono infinite possibilità che il mondo può offrire in ogni momento.

E proprio così, un giorno, tutto può cambiare...

"Il piccolo villaggio la faceva sentire ancora più piccola, la spiaggia e la costa l'unico sollievo. Ah, le piaceva stare vicino al mare..."

GABRIELLE

Gabrielle si svegliò, il video che aveva ascoltato durante la notte era ancora attivo sul suo iPad.

"Sono una Dea, sono una Regina... sono stimata... se lo voglio, l'ho posso avere".

La pioggia cadeva fitta e veloce. Potresti sentirne l'odore nell'aria. Caspita però che rumore: il tuono, la pioggia ... Era così buio, l'inverno sta decisamente arrivando.

"Che giorno è?" Tutti i giorni sembrano uguali al momento. Nessun posto dove andare, niente da fare, nessuno da vedere. Eh si, è sabato. Che importa? Fa davvero differenza?

"Mantenere una routine mi dà una parvenza di normalità, per me stessa più di tutto. Migliorare me stessa per me stessa, l'autodisciplina è l'amor proprio qualcuno ha detto".

. . .

Sì, ma a volte è una tale seccatura...

Ascoltare affermazioni durante la notte in un loop era una cosa a cui si era dovuta abituare: continuava a svegliarla durante la notte - forse era il bagliore dello schermo o forse la resistenza del suo subconscio. Comunque, alla fine si è abituata e ora poteva dormire tutta la notte.

"Questa volta per me sta funzionando... ricalibrare e ricostruire i pensieri".

Gabrielle pensò come tutto fosse cambiato un giorno, proprio così, dal niente.

È incredibile come la vita possa cambiare in un secondo.
    Incontrollabilmente.

Tutte le cose che avresti sempre voluto fare in pausa. Fino a quando qualcun altro decide di premere di nuovo il pulsante e ricominciare di nuovo.

È più facile pensare in questa maniera in qualche modo: una forza esterna che controlla la tua vita, che ti impedisce di raggiungere tutte le cose che hai sempre voluto fare, e l'essere umano straordinario che hai sempre creduto saresti stato. Comico.

. . .

Domani, desiderando sempre il domani, mentre tutto in te dovrebbe rifiutarlo. Improvvisamente, non c'era quasi più un domani.

Ad essere onesti, le piaceva stare da sola. Era sempre stata una solitaria: da bambina persa nei suoi libri, da adulta seguendo la prossima vittoria nella scalata senza fine. Aveva cancellato molti eventi prima all'ultimo minuto, appuntamenti romantici e incontri con gli amici. C'era sempre il domani. C'era sempre qualcosa di più importante da fare.

Le gente era stupita dalla sua apparente incrollabile sicurezza, dalla sua forza, e la guardavano come una sorta di Wonder Woman.

"Specchio, specchio delle mie brame, chi è la più bella del reame?"

A volte non si sentiva molto bene con se stessa e fingere era semplicemente troppo faticoso. Era estenuante, drenante.

Ora, non c'è bisogno di inventare scuse.

Il lockdown le aveva fatto bene, un po' di tempo per concentrarsi su se stessa con poca distrazione. Scoprire chi Gabrielle è o vuole essere. Arrivare ad apprezzare questa Gabrielle, forse anche amare. E migliorare.

• • •

Guardò fuori dalla finestra, Canonbury Square Gardens; la pioggia scendeva incessantemente.

"Amo questa zona di Londra, George Orwell ha vissuto in questa piazza da qualche parte, credo", molte figure importanti del mondo artistico e letterario sono vissute nella piazza. Questo era stato parte dell'attrazione quando si era trasferita tre anni fa, l'ultima mossa nella scalata sociale - la residenza georgiana tutelata.

I posti a sedere all'aperto sono incisi con i nomi delle persone che sono vissuti intorno alla piazza. Un segno fisico o ricordi sempre presenti.

IN MEMORIA DI EDDIE E MABEL WALTERS
CHE VIVEVANO A CANONBURY SQUARE

In un *normale* sabato sarebbe andata a visitare la galleria Estorick e ammirare l'ultima mostra, perdendosi nell'ambiente, deliziando i suoi occhi e nutrendo la sua anima.

Magari anche prendere un caffè nei giardini della piazza; ci sono sempre persone lì.

I volontari Amici di Canonbury Square fanno un ottimo lavoro e mantengono i giardini così puliti, così ordinati.

"Che ore sono? Sicuramente l'ora per un caffè. Il caffè serve per meditare".

* * *

Gabrielle amava l'odore del caffè che, lentamente ma inesorabilmente, permeava la casa come un'onda sinuosa che si propaga ovunque con un effetto a catena. Prima di tutto però Gabrielle fece il letto: aveva letto da qualche parte che tutte le persone di successo lo fanno, il primo compito della giornata. Molto più facile non farlo, ma lo aveva fatto comunque. Letto fatto. Caffè pronto.

"Ora è tempo per la meditazione".

Aveva già provato il silenzio completo, ma aveva scoperto che la meditazione guidata era in qualche modo più facile. Qualcuno, qualcosa per aiutare con i pensieri sempre erranti che le attraversano la mente. Ma ha trovato la meditazione con mantra anche più migliore. La ripetizione incessante delle stesse parole aveva un effetto rassicurante su di lei, calmante, quasi ipnotizzante. Qualcosa su cui concentrarsi per una decina di minuti.

"Sto facendo progressi con questi nastri" si rassicurò.

"Penso che accenderò una candela profumata per mettermi nell'umore giusto".

La luce tremolante nella stanza buia, i tuoni e il ticchettio della pioggia contro la finestra giocavano in sottofondo: si sedette a gambe incrociate.

· · ·

"Dimmi ancora perché oh perché le persone si siedono a gambe incrociate per meditare?" Si chiese, parlando con se stessa.

Lei aveva sempre i crampi. E sempre nello stesso piede che poi diventa insensibile.

Lo ha fatto comunque. OK, andiamo…

"Shreem Brzee, Shreem Brzee, Shreem, Brzee", il dottor Pillai stava salmodiando e Gabrielle ripeteva con lui. Ad alta voce.

"108 volte sono tante da ripetere ad alta voce".

Ferma. Metti a fuoco.

"Shreem Brzee, Shreem Brzee…" un sorseggio di caffè, "Shreem Brzee, Shreem Brzee…" la mente divaga, divaga. Boom.

Un fragore! Penso che i vicini stiano uscendo per la loro passeggiata quotidiana, la loro porta rumorosa come loro.

"Shreem Brzee, Shreem Brzee"…

La mia camminata quotidiana è fuori questione per ora.

Gabrielle aveva trovato tranquillità nelle lunghe passeggiate - non una sorpresa perché le era sempre piaciuto molto camminare. La pandemia aveva dato a Gabrielle un nuovo, più approfondito apprezzamento di essere fuori all'aria aperta, da sola, piena di gratitudine per la vita. Apprezzare tutto ciò che era così fortunata di poter fare esperienza.

• • •

Tuttavia, c'era un limite: per quanto amasse camminare all'aria aperta, non le piaceva molto bagnarsi. Ai giocatori di golf non sembra che gli dispiaccia se piove.

"Io non sono una di quelli" pensava Gabrielle "mi piace stare vicino all'acqua, non inzupparmi".

Lei aveva sempre amato l'odore dell'acqua, le dava un senso di pace e tranquillità. Era cresciuta vicino al mare.

Il canale di Angel era un luogo ideale per lunghe passeggiate, pensava. Il sole che fa capolino tra le nuvole, l'acqua che si muove con la brezza che brilla come una danza.

"Shreem Brzee ... Shreem Brzee".

Di solito, durante il fine settimana c'e sempre trambusto, pieno di professionisti cittadini che sorseggiano il loro latte senza lattosio mentre inviano l'ultima email prima di godersi il fine settimana.

Non adesso.

Ora aveva il canale quasi tutto per sé. Era strano. L'acqua che si muove, in modo costante e continuo, facendo dondolare le barche come una ninna nanna, il sole ne cattura i movimenti.

· · ·

"Non è meraviglioso?"
Le barche sembrano irrequiete e anche lei.

C-O-N-C-E-N-T-R-A-T-I.

"Shreem Brzee, Shreem Brzee ... Shreem Brzee".

"Quanto tempo manca adesso", Gabrielle si chiedeva sbirciando al video con la meditazione sul YouTube, "ancora qualche minuto. Non si era mai resa conto quanto lunghi dieci minuti possono essere".

Concentrati Gabri.

"Shreem Brzee ... Shreem Brzee",107, "Shreem Brzee".

Namaste, meditazione finita.

Dannazione, il caffè è freddo adesso. Ne farò un altro prima di cominciare con le mie pagine mattutine. Gabrielle aveva iniziato a scrivere un diario e il freewriting all'inizio del primo lockdown. Un' effusione di coscienza non controllata sulle pagine, confessioni incontrollate o meglio ancora, terapia, ma gratis. Julia dice che dovrebbe essere fatte per prima cosa al mattino , senza mancare, prima che la mente cosciente prenda il sopravvvento, per almeno tre pagine.

· · ·

Alcuni giorni, era già abbastanza difficile scriverne anche una. Alcuni giorni, Gabrielle poteva scrivere per ore. Non era mai stata una che teneva un diario. Ma con questo, aveva imparato a divertirsi e, alla fine, ci era rimasta fedele. È incredibile quello che viene fuori quando inizi a scrivere.

A MANO.

Il movimento della penna lungo la carta, che accompagna il flusso libero di pensieri senza censure è di per sé una terapia. Non era più abituata a scrivere a mano, la sua calligrafia a volte era illeggibile. Diamine, anche la grammatica non era un gran che , non c'è correzione automatica quando scrivi a mano. Ma questo è lo scopo delle pagine del mattino: liberare la mente dall'onnipresente Critico Interiore e lasciarla fluire. Il futuro diventa presente, diventa passato e diventa presente.

"Chi scrive più a mano?" pensava tenendo la tazza calda e fumante nelle mani.

Gabrielle si sedette nella piccola nicchia vicino alla finestra per guardare la pioggia che cadeva, il caffè fresco sul tavolino laterale, il taccuino in grembo e iniziò a scrivere.

"CARO DIARIO,"
     perché oh perché ho scritto così? Le sembrava di essere di nuovo un' adolescente, peggio ancora di essere tornata a scuola. Che schifo, non avrebbe potuto scegliere un momento peggiore per tornare. Per fortuna, la maggioranza era una

sfocatura: una sfocatura intenzionale, una porta chiusa dietro, da non riaprire più.

Perché sta venendo fuori ora? Vai via. VAI VIA.

Ma la penna continuava a muoversi, risoluta... E così Gabrielle continuava a scrivere...

Perché le ragazze sono sempre così cattive? Con altre ragazze intendo.

"Gabri, perché non vai là con le altre compagne?", la maestra cercava di spingerla via mentre parlava con la *maman*.

"Gabrielle non socializza molto bene signora Arkin. Non mi fraintendete, i suoi voti sono davvero buoni, sono le interazioni sociali che mancano".

Meschine, meschine, meschine. La scuola secondaria - un'assemblea casuale di esseri umani con ormoni rampanti che cercano di affermare la propria identità - è una ricetta per il disastro. Dammi un libro e dei pennelli in qualsiasi momento, battono le persone 100 a 1.

Uhh. Scuola media e vivere in un piccolo villaggio. Il villaggio per eccellenza con i mille Hyacinths Bucket, pardon Bouquet.

. . .

Una combinazione letale.

DAI VILLAGGI NON ESCE NIENTE DI BUONO,
È SEMPRE LA STESSA COSA:
"RICATTO, DEVIANZA SESSUALE, SUICIDIO E OMICIDIO" -
ISPETTORE BARNABY.

"Gabri, perché ti sei vestita così? Gabri, cosa penserebbe la signora Tal dei Tali,Gabri, non puoi farlo, Gabri, stai ascoltando?".

"Bisogna apparire al meglio Gabri, meglio essere invidiati che compatiti".

Ci deve essere di più nella vita di questo. Gabrielle voleva dimostrare a tutti.

"Sono forte, sono intelligente, non ho bisogno di nessuno e posso fare qualsiasi cosa che desidero. Glielo farò vedere", continuava a ripetersi.

Il villaggio delle dimensioni di un francobollo l'aveva fatta sentire ancora più piccola, la spiaggia e la costa l'unico sollievo. Ah, le era sempre piaciuto stare in riva al mare, poteva stare seduta a riflettere per ore.

• • •

Così libero, così calmo, maestoso e devastantemente forte. Pieno di tesori nascosti.

E lei voleva essere come l'oceano. Libero e maestoso, forte.

Libera.

Avere un carriera. Forte. La carriera era sempre stata qualcosa a cui aveva aspirato, essere al top, non importa di cosa, non importa dove, essere la migliore. Naturalmente, ricca e di successo.

Aveva sempre saputo che, un giorno, lo sarebbe stata.

Gabrielle aveva sempre voluto scappare il più presto possibile. Aveva sempre saputo che voleva andarsene. La fuga da Alcatraz, o almeno è così che ci si era sempre sentita.

E lei lo fece.

"Gabri, rimarrai da sola a Londra. Cosa succede se sei malata? E se non trovi un lavoro?" sua madre stava avendo un attacco.
   "Sopravviverò mamma".

"Puoi sempre tornare a casa, lo sai".
   Era determinata a non farlo. Il fallimento non è mai stato un'opzione.

. . .

Mentre saliva sul treno per Londra con tutte le sue cose stipate in un paio di valigie, sapeva che era la decisione giusta. I suoi genitori erano venuti a salutarla, sua madre piangeva, ovviamente.

Il capotreno fischiò, era ora di andare.

Un ultimo abbraccio.

Il treno iniziò a muoversi sempre più veloce, sempre più veloce. Il villaggio svanendo rapidamente dietro di lei, Gabrielle sentì le sue catene invisibili allentarsi. Lentamente. Si sentiva più leggera. Il suo naso era premuto contro la finestra fredda, immergendosi in ogni piccolo dettaglio delle nuove posti.

Arrivare a Londra è stato come rimuovere una pelle troppo aderente. Proprio così, tutto era cambiato: ora ne indossava una nuova.

Qui, a nessuno importa davvero o sa chi sei e cosa fai. Fa parte del suo fascino: la bellezza di vivere in totale solitudine e anonimato tra milioni di persone.

Poche ore di viaggio ma un milione di miglia di distanza.

"Che strano" lei pensò.

"Victoria Station" annunciò il capotreno.

. . .

Gabrielle guardò le sue cose: aveva portato un bagaglio leggero e minimale per ricominciare da capo. Il bagaglio più pesante non le era ancora evidente.

Scese sulla piattaforma, con i piedi ben saldi per terra.

Il tetto principale della stazione di Victoria luccicava al sole dell'ora di pranzo, i suoi pendii coprivano un'area equivalente a tre campi da calcio. Era l'una e la stazione era gremita di gente che si muoveva zigzagando.

"Ehi, signora, guardi dove sta andando!"

"Scusi" lei rispose. Gabrielle si unì alla lunga fila nella rastrelliera dei taxi neri fuori dalla stazione.

" 'Giorno".

"Camden Passage, Islington, per favore", disse Gabrielle al tassista.
  Eccoci, andiamo.

Il suo primo appartamento bijoux a Londra, linguaggio degli agenti immobiliari per un monolocale dove non puoi nemmeno far oscillare un gatto. Lei lo amava. Era appena sopra Decadent Vintage, uno dei tanti negozi del Camden Passage.

Lì aveva comprato la sua prima borsa vintage Dior.

Nei primi mesi in cui si era trasferita, rimaneva seduta per ore vicino alla finestra a guardare il mondo passare: i cacciatori di occasioni del fine settimana, il mercato dell'antiquariato, il trambusto di ristoranti, caffè e bancarelle. L'estranea che guardava dentro.

Le piaceva curiosare tra l'abbigliamento contemporaneo alla moda, i gioielli di design moderno, le stampe d'arte giapponesi, insieme a oggetti d'antiquariato specializzati, articoli in argento e abiti vintage. I negozi retrò facevano da sfondo alle bancarelle del mercato con oggetti da collezione a prezzi accessibili, vestiti vintage e oggetti d'arte che trovano la loro strada nei negozi di antiquariato e nelle case di tutto il mondo.

Cosa non è da amare?

Le piaceva persino il rumore che usciva tutti i giorni dal Camden Head pub e dal suo Comedy club gratuito, sette sere a settimana.

Gabrielle piace fare dello shopping lì anche adesso occasionalmente: qualche formaggio artigianale britannico e internazionale dal Pistachio & Pickle Dairy e i cioccolatini artigianali da Paul A. Young.

"Chi sa quando riapriranno i negozi", pensava Gabrielle.

"Era quasi da ridere, aveva portato in giro con se il 'villaggio' di vecchie strutture per gli ultimi vent'anni. Regole, convinzioni, modo di vedere e di fare le cose nel modo giusto".

Infrangere barriere invisibili nella carriera, come il cosiddetto soffitto di cristallo, era stato in realtà più facile che infrangere le proprie: quel soffitto invisibile nella sua testa, il set-point interno che le ricorda qual era il "suo posto".

Successo, denaro, reddito, tutto è un riflesso simbolico delle convinzioni sul proprio valore di mercato personale e professionale. E in che classe socioeconomica ti trovi. O cerchi di entrare.

Shopping, sì anche lo shopping...

La prima volta che Gabrielle aveva portato a casa una borsa Chanel nuova di zecca era stato come portare a casa un neonato, il frutto del tuo duro lavoro e del tuo amore .

Entrare nella boutique Chanel in New Bond Street era stato come un sogno: l'ambiente lussuoso e incontaminato, l'odore sofisticato, le collaboratrici di vendita una versione populista dei manichini Chanel.

Non posso credere che le borse abbiano un profumo. Ma lo hanno. Ricordo ancora il sottile inconfondibile odore della pelle di vitello quando il socio aprì LA scatola di una nuovissima 11.12; la doppia chiusura, l'intreccio di catena di metallo e pelle, la trapuntatura a rombi, la morbidezza e allo stesso tempo la robustezza della pelle. Rappresentava molto più di una borsa. Guardami, guarda cosa sono diventata.

"Prendo questa", aveva detto, consegnando la sua carta di credito. L'aveva fatto senza chiedere il prezzo. Gabrielle era uscita dalla boutique con i piedi che toccavano a malapena il suolo, quasi saltellando. L'euforia di quell'acquisto era come una droga potente, lo sballo prepotentemente seducente.

Ma con ogni alto c'è un basso, e la necessità di un'altro compenso.

"Dio, ne ho avuti qualcuno". Compensi. Chanel, LVs, Prada, Louboutins. Ogni volta lo sballo era più basso, e ogni volta l'effetto era più breve.

E ora gli acquisti erano tutti seduti in belle scatole nell'armadio.

Era stato un periodo di semplicità forzata; si potrebbe dire che il Covid-19 ha insegnato a tutti a sdrammatizzare e a riconnettersi con le cose che contano davvero. Chi avrebbe mai pensato che non avessimo bisogno di comprare così tante borse o scarpe?! Vai a capire!

Non hai bisogno di così tanto quando sei seduta in pigiama durante le chiamate Zoom. Devi solo ricordarti di non alzarti dalla sedia troppo frettolosamente quando la fotocamera è accesa.

NOTA PER SE STESSI: LA FOTOCAMERA È ACCESA,
MUTANDE IN VISTA È UN NO NO

Proprio così, tutto era cambiato. Tutto ciò che era così importante, non più così importante.

Lo era mai stato?

Simboli, valore, sopravvivenza: sentimenti che alimentano azioni.

Il Milionario Operaio aveva lavorato molto duramente per i suoi soldi. Lei intuiva che quando lui aveva iniziato a guadagnare più di quella che pensava di valere, doveva lavorare di più per compensare. Ore più lunghe. O in qualche modo sacrificare di più per farlo sembrare giusto.

Quella fu una delle prime cose che le disse quando si incontrarono per la prima volta.

"Lui è un M-i-l-i-o-n-a-r-i-o" disse con la sua bocca piena.

Quanti soldi guadagna, quanto costava tutto ciò che aveva. Ciò aveva imbarazzato Gabrielle, così *déclassé*.

• • •

Lui cercava costantemente di superare il padre, un immigrato della classe operaia che aveva fatto fortuna in Inghilterra nel dopoguerra. Ma non credeva però che poteva.

All'epoca Gabrielle non aveva mai potuto capire come un investitore finanziario potesse avere una tale avversione per il denaro e essere ricco.

Non si era mai adattato del tutto al suo nuovo habitat.

Il concerto era appena finito e il foyer era in fermento, tutti parlavano della prestazione eccezionale.

Gabrielle si sentiva ancora euforica per questo. La Nona Sinfonia di Beethoven aveva questo effetto su di lei, elevava il suo spirito e la sua anima.

Lei ammirava l'incredibile abilità artistica dell'orchestra, ma soprattutto era inondata di emozioni. Non era una cosa usuale per lei, provare emozioni, la passione richiede vulnerabilità e non possiamo mostrare debolezza, vero?

"Allora cosa ne pensi? Ti è piaciuto?" chiese Gabrielle al Milionario Operaio.

"Preferirei farmi graffiare gli occhi con un ago".

• • •

"Scusa?" Gabrielle girò leggermente la testa.

"Non sono cresciuto ascoltando questa musica, non fa niente per me. È musica per femminucce".

"Non molte persone crescono ascoltando Beethoven o musica classica quotidianamente. Tuttavia, non si può negare che sia magnifica. Tanto più che Beethoven era sordo quando compose la sinfonia".

"Ora capisco, sembrava proprio così".
Gabrielle poteva quasi udirlo come se fosse adesso, era serio?

La folla procedeva lentamente verso l'uscita del Barbican Centre, spingendoli in fretta lungo Silk Street.

Mentre camminavano mano nella mano non avrebbero potuto essere più lontani. Gabrielle per una volta era stata felice di essere in mezzo a così tante persone.

Per quanto Gabrielle volesse lasciarsi alle spalle il passato una volta per tutte, lui si aggrappava a esso portandolo ovunque andasse. Dove e come era cresciuto lo marcava, definiva come un segno indelebile.

Gabrielle cercava sempre di migliorare e, per lei, quell'atteggiamento era inconcepibile.

. . .

Non riusciva a capire come uno volesse rimanere una falena invece di diventare una farfalla.

Gabrielle era arrivata al top della sua carriera e si stava godendo ogni minuto. Il signor Milionario Operaio doveva andarsene.

Lo Stallone era alto, muscoloso, con occhi verde intenso e labbra voluttuose che sapeva usare perfettamente: la scintilla tra loro è stata istantanea, dal momento in cui si erano incontrati.

Il modo in cui la guardava la faceva sentire la donna più bella e desiderata del mondo. Il fatto che lui fosse diversi anni più giovane di lei rendeva tutto ancora più eccitante, come gli uomini al potere con i più giovani trofei al seguito. Tranne che questa volta, lei era quella in potere e l'uomo era il trofeo.

Dio, il sesso era fantastico. Mi chiedo perché ci ho pensato ora. "Deve essere la pioggia, mi mette sempre nell'umore giusto".

Il brivido unito alla convalida era stato un potente afrodisiaco: il dolce accarezzare dell'ego tra il dolce accarezzare dei capezzoli.

. . .

In quanto introversa, Gabrielle era generalmente felice da sola ma la pandemia le aveva fatto sentire la mancanza di fare cose con altre persone (scioccante). Una di queste cose era sicuramente fare sesso. Masturbarsi soddisfa solo per un po'...

La loro prima volta era stata in una stanza d'albergo durante una conferenza aziendale. Il nascondersi, incontrarsi furtivamente aumentava il brivido. La loro relazione professionale pubblica lasciava il posto a una relazione eccitante e appassionata in privato. Sesso segreto, incontri segreti, una relazione nascosta al mondo.

E all'inizio era divertente, eccitante ma dopo un po' era diventata noiosa; Gabrielle voleva una relazione vera - chi vuole trascorrere ogni fine settimana da solo?

"Avrei dovuto saperlo, c'erano tutti i segni e li ho ignorati".

Qualcosa succedeva sempre durante il fine settimana. Gabrielle lo affrontò una volta e gli chiese apertamente se avesse un'altra relazione.

"Come puoi dirlo?" disse lo Stallone, e poi iniziò a piangere.
   Sul serio?

Lui era un sopravvissuto dal cancro in remissione e diventava ansioso ogni volta che il suo check-up si avvicinava o che sua madre chiamava (suppongo adesso che quello sia quello che si ottiene quando esci con ragazzi invece di uomini). Per quanto grande o piccolo che fosse, nel fine settimana succedeva sempre qualcosa.

Bla bla... bla bla... bla bla bla.

"Dio, sembro una vera stronza adesso".

Il suo cancro era la sua coperta Linus. Gabrielle aveva pensato di lasciarlo così tante volte e ogni volta la storia strappacuori veniva fuori e così lei restava. Non voleva essere la stronza senza cuore che lo lasciava quando era giù di morale, depresso. Ma avrebbe dovuto.

NOTA PER SE STESSA: ASCOLTA SEMPRE L'ISTINTO

Sei mesi dopo che si erano finalmente lasciati, si era imbattuta in un sito web per la beneficenza ed eccolo lì: la foto di una coppia che aveva organizzato un evento per raccogliere fondi di grande successo: - Lo Stallone e la sua ragazza. Il problema era che quell'evento si era svolto quando loro erano ancora insieme.

"Noi eravamo insieme, non LORO".

Un affare mio culo! ERO IO L'ALTRA DONNA!
Essere in concorrenza con altre donne per i posti di lavoro era una cosa, ma questo, questo andava contro tutti i suoi principi.

. . .

Gabrielle si era sentita male, letteralmente NAUSEANTE.

Seduta nella sua vasca da bagno si lavò e lavò e lavò vigorosamente per ore e ore finché non si era sentita pulita e lontanamente meglio.

Era così arrabbiata che aveva anche sognato persino di ucciderlo nel modo più doloroso (appunto personale, trama per un libro?) e il più lentamente possibile (serie di libri?). All fine si era rassegnata a voler tagliargli solo il cazzo.

"Quasi accettabile", pensandoci.

"Immagino che un imbecille con il cancro sia ancora un imbecille".

Prese la sua tazza di caffè e si sedette lì, riposando la mano per un minuto. Gli uomini nella sua vita erano stati una proiezione dei suoi pensieri, convinzioni e percezioni interiori.

Quello che aveva sempre pensato fosse un gioco esteriore era in realtà molto più un gioco interiore. Questo non era mai stato così evidente come quando aveva incontrato Il QC.

Gabrielle aveva passato la mattinata a esaminare l'Islington Farmer Market, in Chapel Market, alla ricerca di una varietà di prodotti freschi, prelibatezze locali e cibi biologici.

. . .

Poi guardare per un po' le vetrine di Little Paris per dare un'occhiata ad una gamma eclettica di vintage, curiosità, moda contemporanea e accessori per la casa provenienti direttamente dalla Francia. Era nervosa pensando a quella sera, per la prima volta dopo tanto tempo.

"Con questo qua potrebbe funzionare".

Aveva passato qualche bella ora con un pranzo a Salut, in Essex Road.

I residenti di Islington sono viziati dalla scena gastronomica locale, ci sono pochissime aree che offrono così tanti ristoranti e così tanti ottimi posti dove mangiare e Gabrielle amore per il cibo era sempre completamente assecondato.

Adorava la cucina in vista di Salut e guardare gli chef creare la magia: carne prodotta localmente, pesce proveniente da fonti sostenibili e verdure biologiche, il tutto mescolato con incredibile passione.

Il cibo era meraviglioso, le porzioni piccole ma valevano assolutamente la pena. L'atmosfera intima e amichevole.

Aveva scelto le capesante in padella con zampone di maiale e salsa alla mela verde.

Solo un antipasto.

Non voleva sentirsi troppo piena, o sembrare gonfia: il vestito che avrebbe indossato non era molto clemente.

. . .

"Il tempo sembra scorrere così lentamente oggi".

"Perché a volte i mesi passano come giorni e le ore sembrano mesi?"

Una lunga doccia per rinfrescarsi prima e poi si può iniziare a preparare. Erano le tre adesso e il suo appuntamento era alle sette.

"Dio, ancora quattro ore".

Aveva preso il suo tempo per prepararsi. Elegante, ma non troppo. Sexy, ma non troppo. Qualcosa adatto per aperitivi la domenica sera. Basta un tocco di rossetto rosso in un viso altrimenti quasi senza trucco per mostrare un po' di sforzo. Ma non troppo.
    "Sono naturalmente così bella, vero?!"

Sono le cinque.
    Molto tempo.
    Sei in punto.
    Spruzzo di profumo.
    Sei e mezza.

Gabrielle stava per uscire di casa. Ma prima un'ultima occhiata allo specchio per controllare che tutto fosse come previsto. Il suo vestito nero senza maniche, appena sopra il ginocchio, rivelava abbastanza della sua figura snella ma sinuosa e le sue gambe lunghe e snelle. Gli stivali al ginocchio completavano perfettamente il look.

Fece un cenno con la mano verso un taxi nero che stava passando.

"Knightsbridge, The Mandarin Oriental, per favore", disse Gabrielle all'autista.

Quando arrivarono il portiere aprì la portiera del taxi.

"Il bar, per favore".

"La porta lì a sinistra, signora".

Signora??? Dio, sembravo vecchia per caso pensò Gabrielle? Non importa.

Il bar era scuro, suggestivo, un ambiente intimo, come se fosse stato appositamente allestito per appuntamenti romantici. Alcune coppie erano sedute qui e lì, godendosi drink e stuzzichini. Un uomo era seduto al bar, da solo. Girò la testa, come se sapesse che stava arrivando e poi sorrise, soddisfatto di ciò che vide.

E anche lei. Il QC era proprio come la sua foto. Autorevole, distinto e virile.

Si alzò in piedi e la salutò cordialmente (grazie a Dio era alto), un bacio su ciascuna guancia, "Hai un profumo incredibile" le disse mentre quasi la *respirava* .

. . .

Ordinò dello champagne. Bel gusto. Gabrielle amava le bollicine dello champagne. Quello costoso. Sceglieva di berlo spesso, non solo in occasioni speciali, un segnale per gli altri che tutta la sua vita è un'occasione speciale, come qualcuno a parte dalla folla.

Per un primo rendez-vous tutto sembrava andare sorprendentemente bene; la conversazione era fluida, flirt e battute con qualche tocco casuale qui e là.

Quando aveva visto per la prima volta il suo profilo sul sito Encounters Dating senza una foto, aveva avuto dubbi. Si ricorda però che neanche lei aveva messo su una foto, ma era diverso.

"Non voglio proprio che tutti conoscano la mia attività privata o essere riconosciuto", aveva detto, "sono un personaggio molto pubblico".

Si erano scambiati i numeri telefonici e foto rapidamente, poi lui le aveva rivelato il suo nome a cognome e il sito Web della sua Chamber in modo che lei potesse trovarlo su Google. Cosa facevamo prima di Google, solo Dio lo sa.

E lei lo aveva ricercato su Google di sicuro: divorziato tre volte, Silk nel 1999, infiniti casi storici vinti in tutto il mondo. Descritto come un genio.

Il famoso QC. Perfetto.

. . .

"Che cosa sta cercando romanticamente?" le chiese.

"Qualcuno intelligente con cui posso parlare di qualsiasi cosa. Qualcuno attraente e con questo intendo dire qualcuno a cui sono attratta. Qualcuno che ha la sua vita in ordine, non voglio un progetto di salvataggio. E qualcuno che ha le palle più grandi delle mie. Decisamente. Voglio essere la femmina nella relazione".

Gabrielle si era pentita di averlo detto appena lo disse .

Lui annuì e agitò il dito in aria: "Tic, tic, tic. Tre su quattro non sono male".

"Quali tre?" ed entrambi sorrisero.

"Mi piaci. Ho voglia di baciarti".

È arrossito a dirlo? Gabrielle lo guardò da vicino. Forse sono solo le luci nella stanza. No, stava decisamente arrossendo.

"Perché non lo fai?" Gabrielle aveva suggerito. Si chinò in avanti e la baciò dolcemente sulla guancia.

"Senti, non mi aspettavo che questo rendez-vous durasse molto a lungo. Per un primo appuntamento, di solito programmo mezz'ora o giù di lì. Sai, solo un primo drink introduttivo".

PROGRAMMA???

. . .

"Ma ora, io non voglio che finisca, mi sto divertendo troppo. Ho fame però. Volevo fermarmi a Waitrose, prendere un paio di bistecche e poi guardare Downton. Vuoi unirti a me? Mi piacerebbe".

Aspetta, il QC ha appena detto che guarda Downton Abbey?

"A casa tua, e cucini tu..."

"Sì", lui rispose.

"Sai cucinare? Voglio dire, c'è gente che ha mangiato il tuo cibo e sono ancora vivi? E ti parlano?"

"Sfacciata. Bistecca, insalata e un bicchiere di rosso. O due. Prometto che mi comporterò al meglio".

Gabrielle pensò a quanto fosse stata una decisione pazzesca, lo aveva appena incontrato, un perfetto sconosciuto, ma si era sentita al sicuro, totalmente a suo agio.

"Non posso credere di averlo fatto, l'irresponsabilità della giovinezza" rifletté. Oggi sarebbe inorridita se sua nipote facesse lo stesso.

Arrivarono a casa sua a South Kensington; in realtà palazzo è una descrizione molto più appropriata. Tutto era proprio come immaginava: una favolosa cucina Boffi a pianta aperta con piani di lavoro in quarzo, elettrodomestici Gaggenau e porte scorrevoli in vetro che conducono a uno spettacolo che si ferma a ovest, giardino esposto a ovest con acero giapponese, riscaldamento da esterno e sedute integrate, bagni in marmo, pavimento in legno, aria condizionata, smart TV integrate, tapparelle elettriche, riscaldamento a pavimento e sicurezza sistema.

"Sembro un agente immobiliare adesso. Che strano che me lo ricordi".

La serata trascorse troppo in fretta e, quando era ora di partire, le chiamò un taxi.

"Islington, per favore", e passò rapidamente del denaro all'autista, il perfetto gentiluomo vecchio stile "assicurati che torni a casa sana e salva".

"Sissignore".

"Mandami un SMS quando arrivi a casa". E lei lo mandò.

Il QC era assolutamente brillante e Gabrielle apprezza i lunghi dibattiti che avevano. Era orgogliosa che lui fosse a suo agio nel parlare dei suoi casi e che chiedeva la sua opinione. La faceva sentire davvero bene con se stessa.

Un uguale.

La sua mente era assolutamente ipnotizzante. Il suo ego, tuttavia, era gigantesco ed era inequivocabilmente egocentrico. Un uomo che viveva la vita con le sue regole circondato da persone che soddisfacevano ogni suo singolo capriccio.

· · ·

Ma vivere così piaceva anche a Gabrielle. Era insopportabile. Soprattutto perché era come guardarsi allo specchio e non apprezzare quello che si vede.

Tra pochi giorni sarebbe partito per Hong Kong, un caso molto importante. Tutto quello che faceva era sempre *molto importante.*

"Vieni stasera, voglio vederti".

Stava andando per un paio di mesi e le sarebbe mancato.

Avrebbe potuto vestirsi facilmente e andare a passare del tempo con lui. Ma era pronta per la notte, e aveva tolto il make-up.

"È fottutamente incredibile", pensò, "come osa? Pensa che io non abbia impegni?"

Lei non andò. E così tutto cambiò.

Era l'inizio della fine. Tutto ciò che avrebbe potuto essere e non è mai stato.

Guardarsi allo specchio e apprezzare quello che sei è molto più difficile di quanto si pensi. Guardarsi allo specchio e amare ciò che si vede ancora di più. La perfezione è così difficile da raggiungere e cercare di essere sempre perfetti è estenuante.

Sforzarsi sempre, non arrivare mai. Come il Socialista Champagne: classe operaia, super dotato, borsa di studio per Eton, Vicepresidente in una delle 4 grandi società di consulenza ma ancora affetto dalla sindrome dell'impostore.

· · ·

Gabrielle aveva incontrato Paola, la sua amica italiana, per far pranzo a Trullo, un delizioso ristorantino appena dietro Highbury Corner, in St. Paul's Road.

Cibo, vino, attenzione ai dettagli - Trullo è un ristorante italiano di quartiere che serve cibo semplice e conveniente sullo stile River Café, ma a una frazione del prezzo, una trattoria contemporanea a due piani con una reputazione per pasta fresca, grigliata al carbone e deliziose crostate. Se non fosse per gli autobus londinesi e il traffico fuori, potresti anche pensare di essere in una trattoria in Italia.

Entrambe adoravano i suoi grandi sapori audaci da ottimi ingredienti presentati in modo semplice e non pretenzioso.

"L'ora di pranzo è più tranquilla di solito" disse Paola, guardandosi intorno perplessa.

"Cacchio, scusa, mi sono dimenticata: L'Arsenal gioca a casa questa settimana e di sicuro questi sono i suoi tifosi, tipi di città socialista-champagne, che vengono prima the partita.

"Come sei? Socialisti dello champ - agne? PS: uno di loro ti sta guardando. Non voltarti, sta venendo oltre".

Immagino che ragazzo incontra ragazza incontra ragazzo non sia molto diverso a venti, trenta o quarant'anni.

E così lui era venuto oltre, il signor Socialista Champagne. Carino.

Il Socialista Champagne andava a trascorrere il Natale con Gabrielle e la sua famiglia. A lei piaceva davvero che fosse orientato alla famiglia, e andava molto d'accordo con sua madre, il che era un vantaggio decisivo.

La vigilia di Natale avevano pranzato con i suoi figli nel suo ristorante preferito, Le Boudin Blanc; un ristorante francese situato a pochi passi dalla stazione della metropolitana di Green Park e dalla strada principale, un grande affare di famiglia.

L'odore di pancetta e uova si diffondeva nell'aria. Gabrielle inalò l'aroma.

"I vicini stanno facendo colazione", pensò. Bevve un sorso del suo caffè ormai tiepido.

Cibo, tanti ricordi legati al cibo.

"Mi manca mangiare fuori".

Il Socialista Champagne era lui stesso un buongustaio, solo i migliori ristoranti, e se erano stellati Michelin anche meglio.

Eravamo stati a Le Boudin Blanc diverse volte prima, a pranzo, a cena, dopo un drink, ecc... e l'adoravo ogni volta (e le porzioni estremamente generose).

 • • •

Non appena ti avventuri lungo Trebeck Street, sei trasportato in affascinanti e pittoreschi vicoli - un'oasi di calma in mezzo al trambusto della vita cittadina, dove i pranzi di lavoro sono di rigore insieme ad alcune persone che guardano - parlando letteralmente - se ti siedi fuori su il pavimento.

Guardare il mondo che passa con buon cibo e vino è uno dei migliori passatempi. "Dio, mi manca mangiare fuori".

"Pour moi, Moules marinières à la crème et Confit de joues de porc, Jésus de Morteau, poitrine de porc fumée et cassoulet de haricots coco si vous plait", Gabrielle Gabrielle al cameriere, ovviamente in francese.

Il pranzo andò benissimo, il servizio era eccellente con un tempismo perfetto sia per servire / sgombrare il tavolo che per prestare sufficiente attenzione ai commensali, ma non troppo che diventava invadente.

La serata era stata altrettanto gloriosa: canti natalizi a lume di candela alla Royal Albert Hall seguiti dalla messa di mezzanotte, una tradizione natalizia per Gabrielle e sua madre.
Il Socialista Champagne si era adattato così bene.

NOTA PER TE STESSA:
RICORDATI DI VERIFICARE SE QUALCHE
RESTRIZIONI VERRANNO REVOCATE PER QUESTO NATALE.

Si erano scambiati i regali a mezzanotte. Gabrielle aveva aperto il suo regalo da SC: un grosso bracciale vintage in argento con vetro di Murano. Una creazione stravagante destinata ad apparire bohémien e artigiana, nonostante fosse ovviamente costosa.

Tutto quello che lui indossava era griffato, il tipo di vestiti che non hanno etichetta, semplici ma per comprarli devi ipotecare una casa. E lui comprava all'ingrosso.

Ovviamente così lui. Ovviamente non Gabrielle. Affatto. Ricordava di aver visto quel braccialetto quando avevano curiosato nei negozi di Covent Garden in cerca di regali per sua figlia e la sua sorella stupidina.

"Non ti piace, vero?" sussurrò la mamma dopo che lui era uscito dalla stanza. Gabrielle inarcò le sopracciglia con un debole sorriso. La mamma lo indossa sempre ancora, lo adora.

C'era voluto del tempo prima che Gabrielle si rendesse conto che il modo in cui lei vedeva se stessa aveva governato la sua vita.

Voleva il cambiamento, aveva bisogno di cambiamento. Aveva bisogno di cambiare.

A volte ci vuole una grande emergenza o crisi per scavare in profondità e scoprire quanto più uno può fare. O dovresti fare. Gabrielle non aveva paura di fare grandi scelte: aveva lasciato il suo lavoro aziendale nel mezzo della pandemia e ora usava il suo tempo per capire cosa voleva veramente.

Aveva iniziato a trattare il suo corpo e se stessa con amore e gentilezza, niente più torture e autoflagellazione con programmi super duri. Niente da dimostrare ora.

Émile Coué ha parlato del potere dell'autosuggestione e Gabrielle stava lavorando proprio su questo. Come un attore di metodo, si era completamente immersa nel suo nuovo personaggio, liberando finalmente le sue catene mentali.

Era disciplinata e impegnata. Su se stessa. Finché la sua nuova identità non diventa parte di lei. Finché non diventa lei.

Tutto può cambiare, proprio così.

Se il Covid-19 le ha insegnato qualcosa, è che non puoi mettere in pausa la tua vita e aspettare il futuro. La strada chiamata "un giorno" conduce a una città chiamata "da nessuna parte".

Il lieto fine può essere suo. Tutto e tutti quelli che incontri nella vita sei davvero solo tu.

E un giorno, tutto cambiò, proprio così...

Gabrielle si era avventurata più lontano per la sua passeggiata, più lontano dei soliti dintorni in Islington. Aveva perso la cognizione del tempo e dello spazio ascoltando un podcast e le sue affermazioni; camminava, camminava e camminava.

Lungo la strada di St John verso St Paul's.

Poteva vedere la cattedrale di St Paul da lontano, alta, maestosa, come un faro. Ricordava quanto le piacesse partecipare alla funzione lì e ascoltare il coro della cattedrale esibirsi.

Stava zigzagando da una parte all'altra per evitare le persone che incontrava per strada. Tutti guardavano l'un l'altro con sospetto. Mascherine o non mascherine.

Qualche ambulanza usciva dai cancelli dell'ospedale St Barts.

The One New Change era deserto, come abbandonato, "Che deprimente".

Le era piaciuto passeggiare per Londra come una turista.

"Accidenti, quanto tempo è passato?" Viveva a Londra ormai da vent'anni, non si era mai sentita a casa tanto quanto qui.Il suo cuore era pieno di gratitudine.

Puoi perderti per le strade di Londra, ogni giorno scoprire nuovi angoli e fessure. Segui il Tamigi, giù alla Tate Modern, o Borough Market.

"St Paul andrà bene oggi".

· · ·

Gabrielle era stata sola durante il lockdown; i suoi genitori tecnicamente nel suo piccolo circolo assegnato ma vivevano ancora nel loro villaggio, al nord.

"Un piccolo circolo davvero".

Aveva alcuni amici fidati, la sua cerchia ristretta, ma tutti avevano la propria famiglia a cui pensare. Gabrielle era l'unica singola del gruppo.E lo era da più di un anno ormai. Alla fine decise che stava meglio da sola. Almeno finché non aveva lavorato su se stessa ed era sicura di ciò che voleva e di cui aveva bisogno, veramente, profondamente. Meglio da soli che con l'uomo sbagliato.

Aveva preparato un café allongé con una spruzzata di panna da portare con sé.

"Perché lei lo ha fatto?" Di solito non mangiava o beveva a meno che non fosse seduta. Immagino che non essere in grado di fermarsi quando e dove vuoi abbia qualcosa a che fare con questo. Oppure era solo destino.

Versò la miscela calda e profumata nella sua tazza di caffè portatile e partì per la sua lunga camminata.

"Sono una Dea, sono una Regina", le sue affermazioni stavano ancora risuonando nelle sue orecchie. Gabrielle stava sfruttando al massimo il suo tempo, assaporando ogni momento, assorbendo tutto quello che vedeva.

C'è un altro momento se non adesso? Incredibile quanto riesci a vedere quando guardi davvero.

. . .

Era assorta in se stessa, finalmente forte nella propria energia femminile come donna pienamente incarnata, riconoscendo che per essere adorata e essere trattata come una Dea, devi prima sapere che SEI una. Non c'era più bisogno di comportarsi come un uomo.

Era stato un lungo viaggio, ma finalmente stava arrivando a destinazione. Finalmente era pronta a dire "Sì"! alla vita nella sua interità , a suo agio nel suo corpo e nelle sue emozioni, abbracciando TUTTA se stessa.

Era persa nei suoi pensieri, sorseggiando il suo caffè mentre girava l'angolo...

BANG! Ahi...

La collisione era stata sorprendentemente forte considerando che entrambi stavano solo camminando. Gabrielle aveva perso l'equilibrio ma lui fu veloce e prontamente l'afferrò per la vita per impedire di cadere.

Il caffè non era stato così fortunato e aveva schizzato dappertutto.

D-A-P-P-E-R-T-U-T-T-O sul suo vestito bianco.

. . .

"La vita non sta accadendo a me. La vita sta accadendo per me", continuava a ripetere nella sua mente guardando le macchie marroni sul suo vestito. "Ahia, macchie di caffè e non sono neanche vicino a casa".

Erano così vicini adesso, lui aveva un buon profumo.

"Sono una Dea..." le affermazioni ancora nelle sue orecchie.

"Mi dispiace così tanto", lui disse. Gabrielle alzò lo sguardo, i suoi penetranti occhi azzurri brillavano, il suo sorriso abbagliante spuntava attraverso la mascherina che era a metà del mento. Lui la guardò con fermezza, stabilmente, dirittamente nella sua anima.

"Almeno è carino" pensò Gabrielle "Grazie Universo".

"Tutto OK?" sembrava veramente mortificato per quello che era successo.

"Tutto OK grazie. Non è un grosso problema davvero. È solo caffè" cercando di sembrare disinvolta.

La stava fissando. Non sapeva se indietreggiare per mantenere un po' di distanziamento sociale o mantenere lo sguardo fisso. Fanculo. Tienilo.

Invece aveva voglia di avvicinarsi. Non lo fece.

"Mi faccia lavare a secco il suo vestito" lui offrì.

"Le lavanderie sono chiuse".

"Va bene, almeno lascia che lo lavi io".

"È solo caffè. Non è un problema. Davvero".

Gabrielle si chiedeva se vivesse a Londra stabilmente o se fosse rimasto bloccato qui quando il lockdown era iniziato.

Aveva un caratteristico accento nordamericano, forse New York.

Giudicare, giudicare, basta Gabri. Ogni Tom Dick e Harry vive a Londra; tutti hanno un accento qui, incluso te.

"No, davvero, lascia che faccia almeno questo. Abito proprio dietro l'angolo: posso lavare il vestito e riportarlo pronto in un paio d'ore. Magari anche preparare un caffè mentre aspetti. Uno che puoi bere questa volta" insistette.

Aspetta, mi ha appena invitato a casa sua e si è offerto di lavarmi il vestito?

Lei socchiuse i suoi profondi occhi scuri mentre lo fissava e disse:

"È questo uno stratagemma per vedermi nuda?"

"No, no, no, SI" ... mortificato. "No, no. Voglio dire, sarebbe fantastico ma no".

Gabrielle sorrise profusamente. "Mi sembra di essere in una scena del Vicario di Dibley: dov'è la telecamera?"

"Cosa?" ovviamente non riconosceva il riferimento.

"Scusa, riferimento culturale britannico. Sto scherzando. Sto bene, sul serio, non c'è bisogno di crearsi dei problemi. È solo caffè".

. . .

"Voglio farlo. Speravo di passare più tempo con te... forse un rendez-vous questa stasera?"

L'americano audace; lei guardò rapidamente le sue mani per vedere se c'era l'apparenza di un anello nuziale. In entrambe le mani, certo.

"Anche i ristoranti sono chiusi".

"Io so cucinare". Déjàvu.

"Riduzione dei contatti?"

"Penso che abbiamo già infranto quella regola. Possiamo mangiare all'aperto, se questo ti fa sentire meglio", aggiunse.

"Non ti conosco davvero".

"Sto cercando di rimediare" e percependo la sua riluttanza "Posso avere almeno il tuo numero?"

Gabrielle era incuriosita e totalmente attratta da lui e così glielo diede. Aveva appena finito di digitare il suo numero sul suo cellulare quando il suo telefono aveva iniziato a squillare nella sua tasca.

"Vai a rispondere?"

"Scusa?"

"Il tuo telefono, hai intenzione di rispondere?"

"No, non è buona educazione, sto parlando con te. Vedo chi mi ha chiamato dopo".

"Sono io".

"Non puoi già sentire la mia mancanza, sono ancora qui" lei disse sorridendo, gesticolando.

"Voglio solo assicurarmi di avere il numero giusto. E ora tu hai il mio" sorrideva anche lui.

"Sei sicura che non riesco a convincerti a cenare con me stasera?"

"Stasera no".

"Un'altra sera allora. Domani?"

Gabrielle sorrise. Dio, era così bello.

"Meglio che vada ora", sorrise di nuovo, salutò e iniziò ad allontanarsi.

Non si sentiva così da molto tempo. Anzi, mai. Il suo corpo era in fiamme, il suo spirito elevato.

"Cosa è appena successo lì?", stava camminando sulle nuvole.

Sarebbe stata l'uscita perfetta se non si fosse voltata per vedere se era ancora lì. Ma non poteva farne a meno.

E lui era ancora lì, fermo, a guardare. Sorridente.

Mentre girava l'angolo, il suo telefono vibrò, un messaggio:

"ORA, MI MANCHI"
"È COMPRENSIBILE", LEI RISPOSE.

E proprio così, quel giorno, tutto era cambiato. Ormai sono passati alcuni mesi e Gabrielle …

BANG!

"Tesoro, sono a casa".

L'americano, Il Mr Wonderful, fece capolino nella stanza per salutarla, i suoi scintillanti occhi azzurri che la fissavano.

Inzuppato dopo la corsa mattutina. Acqua gocciolante sul pavimento.

"Sei bagnato fradicio".

"Vado a farmi una doccia", disse con un sorriso sfacciato "vuoi unirti a me?"

"Ovviamente", disse Gabrielle.

Suppongo che le pagine del mattino siano finite per oggi.

CON AFFETTO
GABRIELLE

EPILOGO

Abbiamo tutti due immagini: quella che *riflette* dallo specchio e quella che *vediamo* allo specchio. Questa, a sua volta, è determinata dai paradigmi che guidano la nostra vita (e la nostra mente).

Ma siamo nati liberi, senza preconcetti. Poi, lentamente ma inesorabilmente, il condizionamento mentale del nostro ambiente, della nostra famiglia, della nostra educazione entra in gioco e, purtroppo, si accumula.

E questo forma la nostra immagine subconscia di noi stessi.

La nostra immagine di noi stessi è la nostra scatola portatile limitante. Il nostro mondo e tutto ciò che contiene (carriera, corpo, denaro e relazioni) riflettono il nostro atteggiamento mentale verso noi stessi.

.   .   .

È l'ultimo regolatore interno: ogni volta che sembra che stiamo per liberarcene, ci riporterà alla base come un termostato.

A meno che non rivediamo e aggiorniamo l'immagine che abbiamo di noi stessi, prima o poi raggiungeremo la "temperatura" in cui siamo a nostro agio. Poi entra in gioco l'Autosabotaggio. E lì si ricomincia.

Osserva ogni aspetto della tua vita: QUESTO è il tuo limite.

#SmashYourCeiling non è mai sembrato più appropriato...

Laura xxx

"La nostra imagine di se, fortemente tenuta, determina
essenzialmente ciò che diventiamo "
- Dr Maxwell Maltz

BONUS

Per la sua prima uscita si era avventurata a Time Square, poi alla biblioteca pubblica di New York sulla Fifth Avenue e dopo un piccolo giro spontaneo.

Tutto era così nuovo eppure così familiare. Riconosceva edifici e strade quasi ad ogni svolta.

"Salve", pensò mentre passava un bel uomo che andava nella direzione opposta.

"Sei appena arrivata, Gabri. Dagli tempo" parlando a se stessa.

Mentre si incrociarono, lo sconosciuto le sorrise, un sorriso abbagliante. Non era il suo solito tipo. Di solito le piacevano quelli alti, scuri, belli (o biondi) ma decisamente alti. Lei era più o meno 1.65 cm e le piaceva indossare i tacchi.

Lui era più di un'altezza media, alias più basso, con un look tutto americano tipo alla soap-opera.

. . .

"Belle scarpe", disse.
    frase interessante per un approccio.

"Scusi?"
    Gabrielle rispose.

"Sembra che tu stia camminando con uno scopo. Stai andando in un posto specifico?"

Non voleva rivelare troppo; dopotutto era un perfetto sconosciuto. Potrebbe essere Jack Lo Squartatore o Ted Bunty per quanto ne sapeva. E prima che potesse rispondere:
    "Io sto andando in ufficio per una riunione. Ecco la mia carta con il mio cellulare e l'estensione dell'ufficio. Possiamo incontrarci per un drink più tardi?"

Mmmmh...

"O forse un caffè domani mattina?"
    aggiunse siccome lei sembrava pensosa.

OK, questo era più ragionevole. Gabrielle stava ancora esitando.

"Puoi venire nell'edificio dove lavoro e chiedere di me, e poi possiamo andare a prendere un caffè?".

Meglio. Decisamente meglio.

"Diciamo alle 10:00? Come ti sembra?".

"Sembra un piano", lei rispose.

"E come ti chiami, bella signorina?"

"Gabrielle".

"Piacere di conoscerti, Gabrielle. Ci vediamo domani. Ciao".

VP DI FINANZA SOCIETARIA - diceva il biglietto da visita. VicePresidente eh? Non male come inizio dell'avventura.

La seconda mattina in New York fece la colazione americana in albergo; non era abituata a fare colazione la mattina, ma pensava che fosse meglio averla considerando che aveva programmato una lunga giornata a camminare: uova, pancetta, salsiccia e frittelle.

Aveva pensato per tutta la notte se andare o no a incontrare il VicePresidente.

"Cosa ho da perdere? È solo un caffè e una chiacchierata in uno spazio pubblico. Qual è il peggio che può succedere?"

Qual è il peggio che può succedere davvero ...

———

Questa lettura Bonus era un estratto dalla prossima avventura di Gabrielle e la serie **Le Nove Vite di Gabrielle**. Proprio come i gatti, Gabrielle **Per Tre Lei Gioca, Per Tre Si Allontana, Per Tre Rimane.**

Per Tre Lei Gioca inizia con **Un'Avventura New Yorkese.**

Turbata dopo la fine di una relazione a lungo termine, Gabrielle parte per un sabbatico a New York. Un diario di viaggio alla ricerca di sé, del piacere e del divertimento. E la Grande Mela non delude.

L'avventura poi continua con **Alla Ricerca di Goren.**

Entro il secondo mese a New York, la novità si stava esaurendo senza un lavoro o amici da incontrare e il VicePresidente al lavoro durante il giorno.
Ma adesso Gabrielle era annoiata e viveva un doppia vita. Perché scegliamo sempre persone che non consentono l'intimità? È perché, in fondo in fondo, non la vogliamo?

L'avventura di Gabrielle a New York finisce con **Assaporando la Libertà.**

Mentre il suo viaggio a New York volge al termine, le sue catene mentali cominciano a cadere e Gabrielle inizia ad assaporare, finalmente, la libertà.

NOTA DALL'AUTRICE

Grazie mille per aver letto *Dal Diario di Gabrielle*.

Spero che questa novella vi sia piaciuta. Una recensione sarebbe molto apprezzata in quanto aiuta altri lettori a scoprire la storia.

Ancora grazie.

Luoghi nel libro

Ho ambientato la storia in luoghi reali a Londra e nella mia amata Islington (un comune di Londra), e in un immaginario villaggio costiero in Inghilterra per il retroscena di Gabrielle. Puoi vedere alcuni dei posti qui:

- Le Boudin Blanc
- Camden Passage
- Canonbury Square and Gardens
- The Estorick Collection of Modern Art
- Islington Farmers Market
- The Mandarin Oriental Hotel
- One New Change

- Salut
- St Paul's Cathedral
- Trullo.

Bibliografia

Ho letto molti libri come parte della mia ricerca. Alcuni di loro insieme ad altri riferimenti includono:

Psycho-Cybernetics - **Maxwell Maltz**
Self Mastery Through Conscious Autosuggestion - **Émile Coué**
The Artist Way - **Julia Cameron**.
Tools of Titans - **Tim Ferris**.

Midsummer Murders - Serie televisiva drammatica britannica adattata dai romanzi della serie di libri dell'ispettore capo Barnaby (creata da Caroline Graham). La serie si concentra su vari casi di omicidio che si svolgono all'interno di piccoli villaggi di campagna nell'immaginaria contea inglese di Midsomer.

Keeping up Apperances - Sitcom britannica con Patricia Routledge nei panni dell'eccentrica snob Hyacinth Bucket. Ha trasmesso dal 1990 al 1995.

The Vicar of Dibley - Sitcom britannica con protagonista Dawn French nei panni del vicario della parrocchia rurale di Dibley, ha debuttato nel 1994.

DICHIARAZIONE DI NON RESPONSABILITÀ

Dal Diario di Gabrielle è un'opera di finzione.

Sebbene la sua forma sia quella di un'autobiografia attraverso le pagine di un diario, non lo è.

Ad eccezione dei luoghi pubblici e della pandemia globale Covid, qualsiasi somiglianza con persone vive o morte è casuale. Spazio e tempo sono stati riorganizzati per adattarsi alla comodità della storia, la memoria ha una sua storia da raccontare.

Le opinioni espresse sono quelle dei personaggi e non vanno confuse con quelle dell'autrice.

OTTIENI IL TUO EBOOK GRATUITO

Iscriviti alla mailing list di Laura (L.A.) Mariani per una storia d'amore bollente GRATUITA.

Sarai il primo a conoscere le nuove uscite, le offerte esclusive, i contenuti bonus e tutte le novità di Laura. Puoi anche risponderle via email. Adora chiacchierare con i suoi lettori!

Per richiedere il tuo ebook gratuito:
https://laura-mariani-author.ck.page/freeshortstory

SULL'AUTRICE

Laura Alexandra (L.A.) Mariani è l'autrice di Storia d'Amore Brevi e Appassionanti | Dove i Maschi Alfa incontrano Eroine Feroci Per Finale Dolci, la tua autrice di riferimento per accattivanti storie d'amore che ti travolgeranno e ti terranno in suspense.

Quando Laura non intreccia storie d'amore, desiderio e suspense, la puoi trovare esplorando le vivaci strade di Londra, traendo ispirazione dai suoi angoli nascosti e dai vivaci mercati, o passeggiando per le affascinanti strade di Parigi, assaporando lo street food a Roma, o rilassarsi su una spiaggia baciata dal sole a Bali, i suoi viaggi alimentano la sua creatività e infondono le sue storie con voglia di viaggiare.

Puoi anche seguirla su

 x.com/PeopleAlchemist
 instagram.com/lauramariani_author
 facebook.com/lauramarianiauthor

www.ingramcontent.com/pod-product-compliance
Lightning Source LLC
Chambersburg PA
CBHW031419200726

48285CB00017BA/2546